LES

HYMNES DE L'ENFANCE

Cantiques

Glanés, Modifiés ou Composés

PAR

F. FARJAT.

* * *

VALENCE

IMPRIMERIE DE J. MARC AUREL

1852.

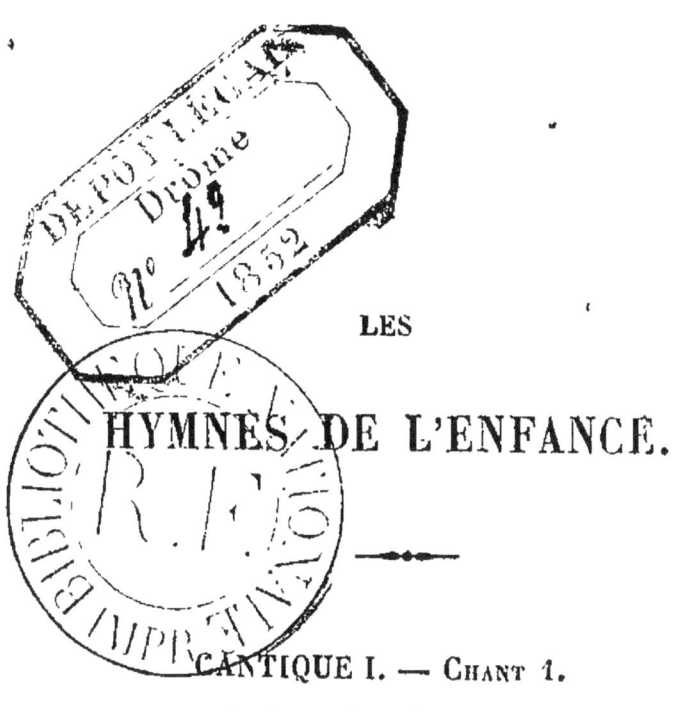

LES

HYMNES DE L'ENFANCE.

CANTIQUE I. — Chant 1.

1. Jour du Seigneur,
J'ouvre mon cœur
A ta douce lumière ;
Jour solennel,
A l'Éternel
Consacre ma prière.

2. Dieu tout-puissant,
Dieu bienfaisant,
J'ai besoin de ta grâce ;
Eclaire-moi,
Soutiens ma foi,
Je viens chercher ta face.

3. Ta vérité,
Ta charité,
Brillent dans ta parole ;
Seule elle instruit,
Guide et conduit
Notre âme et la console.

4. J'entends ta voix ;
Tes saintes lois
Ne sont pas difficiles ;
Viens les graver,
Les conserver
Dans nos cœurs peu dociles.

5. Que ton esprit,
O Jésus-Christ,
Habite dans notre âme ;
· Que ton amour
Et nuit et jour
L'embrase de sa flamme !

CANTIQUE II. — Chant 2.

1. Qu'aujourd'hui, toute la terre
S'égaie au nom du Sauveur ;
Qu'au ciel monte la prière
D'enfants amis du Seigneur.

2. Qu'aujourd'hui, son Evangile
En tout lieu soit publié ;
Qu'à porter son joug facile
Tout pécheur soit convié.

3. Qu'aujourd'hui, la paix abonde
Sur toute maison de paix
Dont les enfants, loin du monde,
Disent en chœur ses bienfaits.

4. Qu'aujourd'hui, Seigneur, mon âme,
A toute heure, tout le jour,
Soit brûlante de la flamme
D'un pur et fervent amour.

5. Qu'aujourd'hui, plein d'allégresse
D'être enseigné par ta loi,
Aux leçons de ta sagesse
Je me soumette avec foi.

CANTIQUE III. — Chant 3.

1. Que Dieu bénisse notre école,
Qu'il y fasse abonder sa paix,
Que son éternelle parole
Y soit pour nous pleine d'attraits.

2. Que le Seigneur ici déploie
Sur nous son amour paternel,
Traçant pour nous la sainte voie
Du beau sentier qui tend au ciel.

5. Oh! qu'à notre école bénie
Nous accourions d'un cœur joyeux,
Et que notre âme réjouie
Puisse y goûter la paix des cieux.

CANTIQUE IV. — Chant 4.

1. C'est aujourd'hui dimanche,
Le saint jour du Seigneur,
Que notre âme s'épanche
En chants à son honneur ;
Que nos voix pour sa gloire
Formant un doux accord,
Célèbrent la victoire
De l'agneau mis à mort.

2. Le bon Sauveur lui-même,
Lui, fils de l'Éternel,
Dans son amour extrême
Vint jusqu'à nous du ciel.
Alors pour notre crime
Sur un gibet maudit,
L'adorable victime
Pour nos péchés souffrit.

3. Le croyant a la vie
Par la mort de l'agneau ;
Son âme convertie
Ne craint plus le tombeau ;
Il sait que Jésus l'aime,
Qu'il ira dans les cieux
Le contempler lui-même
En quittant ces bas lieux.

4. Oh! qu'en mon court voyage,
Ce jour soit pour mon cœur,
L'avant-goût et le gage
De l'éternel bonheur !
Qu'à cette heure avec zèle
Cherchant la bonne part,
Mon âme à Christ fidèle
Se donne sans retard.

CANTIQUE V. — Chant 5.

1. Amis, dès notre enfance,
Cherchons le vrai bonheur
Que donne l'assurance
De la paix du Seigneur.

2. N'attendons pas cet âge
Où l'on ne trouve plus
Ni force ni courage
Pour aller à Jésus.

3. Prévenons la vieillesse,
Sombre et triste saison,
Où tout en nous s'affaisse
Esprit, corps et raison.

4. Le Sauveur nous appelle :
Voici le bon moment,
A sa voix fraternelle
Courons tous à l'instant.

5. Craignons que de la grâce
Dieu n'arrête le cours,
Et qu'au ciel notre place
Ne soit vide à toujours.

CANTIQUE VI. — Chant 6.

1. Dans un séjour rempli des plus pures délices
L'homme vivait heureux sous les yeux du Seigneur.
Maintenant chaque jour les erreurs et les vices
Égarent notre esprit et souillent notre cœur.

2. Cherchons donc en Jésus cette force nouvelle
Qui nous ôte à la mort et nous unit à Dieu !
Le péché nous perdit, mais la grâce éternelle
Nous fait rentrer au ciel dès ce terrestre lieu.

3. O Sauveur tout-puissant, rédempteur de notre âme !
Viens par ton bon Esprit nous apprendre à t'aimer,
Oh ! de ta grâce en nous mets l'immortelle flamme
Et du céleste feu daigne nous animer !

CANTIQUE VII. — Chant 7.

1. Que vois-je, hélas ! mon Dieu, mon père !
Jésus à la croix attaché ;

Percé des traits de la colère
Afin d'expier mon péché !

2. Son amour pour nous est extrême :
Pour faire avec Toi notre paix ,
Ce Sauveur s'est livré lui-même :
Ah ! je veux l'aimer à jamais !

3. Je ne veux plus aimer le monde :
Il ne saurait remplir mes vœux ;
C'est des maux la source féconde ;
Mais toi Jésus, tu rends heureux !

CANTIQUE VIII. — Chant 7.

1. Je te vois en ton agonie
Abreuvé d'amères douleurs ;
Pour nous, Jésus, tu perds la vie :
Toi, saint des saints, pour nous pécheurs !

2. Que ta mort, ô sainte victime,
Soit toujours présente à nos yeux ;
Ton sang peut seul ôter le crime ;
Seul, il peut nous ouvrir les cieux.

3. Oh ! que ta charité profonde
Touche et pénètre notre cœur !
Tu meurs pour les péchés du monde :
Toi seul es notre Dieu Sauveur.

CANTIQUE IX. — Chant 8.

1. Un fait digne d'être cru ,
Une parole immuable ,
C'est que Jésus est venu
Pour sauver l'enfant coupable.
Et qui croit en ce Sauveur
Est assuré du bonheur.

2. Oh ! courons donc à Jésus ,
Amis, lorsqu'il nous appelle ;
Oh ! ne lui résistons plus ;
Goûtons sa grâce éternelle !
Rendons nous dès aujourd'hui
Pour être à jamais à lui.

3. Jésus reçoit tout pécheur
Qui lui porte sa misère,
Son sang a fléchi le cœur
Et la justice du Père.
Quiconque vient est reçu :
C'est pour tous qu'il est venu.

4. Puisse tout enfant pécheur
Apprendre cette nouvelle,
La croire de tout son cœur,
Suivre la voix qui l'appelle ;
Car le salut éternel
Est offert à tout mortel.

CANTIQUE X. — Chant 9.

1. Le voici donc, ô Dieu, ce cœur rebelle !
Il vient enfin se ranger sous ta loi !
Oui trop-longtemps, il te fut infidèle,
Mais viens à lui puisqu'il revient à toi !

2. En Jésus-Christ tu m'as donné le gage
De ton pardon, de ton amour constant.
Hé ! que tardé-je à saisir l'héritage
Que ton amour a promis au croyant ?

3. Ma courte vie est un songe qui passe
Et de ma mort le jour est incertain ;
O bon Sauveur, tu m'as promis ta grâce ;
Mais tu m'as dit : n'attends pas à demain !

4. Aujourd'hui donc je t'amène captive,
La volonté de mon cœur insoumis :
Oh ! prends pitié ! que mon âme revive,
Que mes péchés soient à jamais remis !

CANTIQUE XI. — Chant 7.

1. Mon cœur est plus dur que la pierre !
Il ne prend plaisir qu'à pécher,
Il n'est attaché qu'à la terre,
Brise, ô Dieu, ce cœur de rocher !

2. Opère en moi la repentance
Qui sauve l'âme pour jamais ;
Que par ta suprême assistance,
Je renonce à tous mes forfaits !

5. Pardonne, Seigneur, fais-moi grâce,
Pour l'amour de mon Rédempteur;
J'ai recours à lui, je l'embrasse
Comme mon unique Sauveur!

CANTIQUE XII. — Chant 5.

1. Seigneur, mon Dieu, ma conscience
Me convainc de mille péchés;
J'en ai commis par ignorance,
Et combien qui me sont cachés!

2. Souvent j'en ai fait par malice
Dont je connais l'énormité;
O mon Dieu, je crains ta justice,
Et j'implore ta charité!

3. Tu ne veux pas qu'aucun périsse;
Mais tu commandes au pécheur
Qu'il te craigne et se convertisse:
Convertis-moi donc, ô Seigneur!

4. Dans mon cœur imprime la crainte
De ta divine majesté;
Que désormais ta loi si sainte
Règle toujours ma volonté!

CANTIQUE XIII. — Chant 10.

1. A qui regardes-tu,
O Dieu suprême!
Quel est le cœur élu,
Que ton cœur aime?
Ah! c'est l'esprit brisé
De repentance,
C'est un esprit froissé
Par ta souffrance!

2. Que mes péchés, Seigneur,
Et ma faiblesse,
Fassent naître en mon cœur
Cette tristesse;
Tristesse selon toi
Sainte tristesse,
Qui conduit par la foi,
A l'allégresse!

3. Produis toi-même en moi
La repentance
Unie avec la foi
A la souffrrance,
Et je pourrai, Seigneur,
Sentir par grâce,
De ton sang la valeur
Et l'efficace !

CANTIQUE XIV. — CHANT 11.

1. Seigneur, toute ma prière
Et mon vœu le plus ardent,
C'est qu'en toi je trouve un père
Et que je sois ton enfant !

Déjà je sais que la vie
N'est heureuse qu'en ta paix,
Qu'autrement elle est remplie
De fautes et de regrets.

2. Que ta puissance m'attire
A Jésus notre Sauveur ;
C'est à lui que je désire
De consacrer tout mon cœur !
Que ton Esprit me remplisse
D'une pure et vive foi
Et que mon âme il fléchisse
Au joug de ta sainte loi !

CANTIQUE XV. — CHANT 12.

1. Esprit saint, notre créateur
Et notre grand consolateur,
Rends-toi le maître de nos âmes,
Esprit du Dieu de vérité,
Eclaire-nous par ta clarté,
Et nous embrase de tes flammes !
Esprit de Jésus notre roi,
Augmente notre faible foi !

2. Humilie et change nos cœurs ;
Règle notre vie et nos mœurs ;
Produis en nous la repentance,
Une parfaite humilité,

Une sincère charité,
Une constante patience !
Opère en nos cœurs puissamment
Et fais nous vivre saintement !

CANTIQUE XVI. — Chant 13.

1. Seigneur, reçois avec clémence,
D'un faible enfant le chant pieux,
Et lui réponds, du haut des cieux,
Par un regard de bienveillance !

2. Comme je suis prêt à mal faire !
Combien mon cœur est orgueilleux !
Hélas ! trop souvent j'aime mieux
Me révolter que te complaire !

3. Ah ! donne-moi, par ta puissance,
O bon berger, un cœur nouveau !
Puisque je suis de ton troupeau
Enseigne-moi l'obéissance !

CANTIQUE XVII. — Chant 14.

1. Le péché pour l'âme
Est un grand malheur !
C'est comme une flamme
Qui brûle le cœur !

2. Le Dieu de justice,
Qui seul peut sauver,
Ne peut voir le vice
Sans le réprouver !

3. Oh ! cherchons sa grâce
Tandis qu'il est temps ;
Pour obtenir place
Parmi ses enfants !

CANTIQUE XVIII. — Chant 15.

1. Dieu fort et grand, tu vois toute ma vie :
Tu m'as connu, tu m'as sondé des cieux !
Où puis-je fuir ta science infinie ?
Eternel roi, tu me suis en tous lieux !

1*

2. Soit que je marche ou bien que je m'arrête,
Voici, Seigneur, tu te tiens près de moi,
Et pour parler, quand ma langue s'apprête,
Tout mon dessein est déjà devant toi!

3. Vivant ou mort, dans les cieux, sur la terre,
Ceint de lumière ou ceint d'obscurité,
Partout ta main peut me saisir, ô Père!
Partout sur moi ton œil est arrêté!

4. Oh! que mon cœur orgueilleux, insensible,
Enfin brisé, humblement prosterné,
Tremble à tes pieds sous ton sceptre terrible,
Tel qu'un méchant par des lois condamné.

5. Oh! oui mon Dieu! mais que, toute tremblante,
Sous le regard de Jésus son Sauveur,
Mon âme en peine et sans espoir, souffrante,
Trouve un asile et la paix du bonheur.

CANTIQUE XIX. — Chant 16.

1. Mon Dieu, combien souvent,
Moi, ton coupable enfant,
Oubliant ma promesse,
Délaissant la sagesse,
J'ai commis devant toi,
Ce que défend ta loi!

2. Mais tu m'as supporté,
O Dieu de charité,
Et toujours ta clémence,
Pardonnant mon offense,
M'a dit de t'obéir
Et de me repentir!

3. Je le veux, ô Seigneur,
Oui, je veux sans lenteur,
Revenir avec joie
A cette sainte voie
Où le cœur est heureux,
En marchant sous tes yeux!

4. Vers moi donc, ô mon Dieu,
Abaisse, du saint lieu,
Un regard secourable!
Qu'à mon âme coupable
Pour l'amour de ton Fils
Mes péchés soient remis!

CANTIQUE XX. — CHANT 7.

1. Ma vie, à peu de jours bornée,
S'écoule avec rapidité;
Mais de sa course terminée
Naîtra l'immense éternité !

2. Seigneur, que pour ma dernière heure,
Je me prépare par la foi,
Et, quand tu voudras que je meure,
A bien mourir prépare-moi !

3. Père éternel, couvre mon crime
Des mérites du Rédempteur :
Sur le sang de cette victime
Est fondé l'espoir de mon cœur !

4. Mon Dieu, que rien ne me retienne
Parmi les objets de ces lieux :
Que ta volonté soit la mienne
Élève mes désirs aux cieux !

CANTIQUE XXI. — CHANT 3.

1. Jésus, apprends-nous à te suivre,
A tout quitter, à tout souffrir !
Qui dans les plaisirs cherche à vivre,
Ne songe guère à bien mourir !

2. Heureux qui préfère les larmes
Et ce qu'on nomme ici malheurs,
A tous les biens, à tous les charmes
Dont le monde séduit nos cœurs !

3. Le monde et sa vanité passe ;
Mais qui te consacre ses jours,
Dans le ciel s'assure une place :
Qui vit en toi vivra toujours !

CANTIQUE XXII. — CHANT 17.

1. O Seigneur, si tu m'oubliais !
Si loin de toi tu me laissais :
Que deviendrait mon âme !
Hélas ! bientôt en moi,
Je verrais de la foi
Périr la faible flamme !

2. Mais non! tu ne peux pas changer,
Toi, mon puissant, mon bon berger!
   Te priant chaque jour,
   Je sens qu'en ton amour

   Je retrouve une place.

3. Aussi Seigneur, bien humblement,
Mon âme veut, dès maintenant,
   T'écouter et te suivre.
   Que toujours, sous tes yeux,
   En marchant vers les cieux,
   J'apprenne ton saint livre!

4. Conduis-moi donc, ô bon pasteur,
Et que ta voix parle à mon cœur!
   Qu'en mon pélérinage,
   Toujours j'aime à prier
   Et que, sur ton sentier,
   Renaisse mon courage!

CANTIQUE XXIII. — CHANT 18.

1. Daigne entendre, ô bon Sauveur,
Le cantique de mon cœur!
Qu'à ton trône de lumière,
Le parfum de ma prière,
Pour célébrer ton amour,
Puisse monter en ce saint jour!

2. Bon berger, comme un agneau,
Je me trouve en ton troupeau!
Qu'à ta houlette facile,
Mon âme toujours docile,
Vers les limpides ruisseaux,
Trouve à souhait le repos!

3. Alors, en paix je vivrai,
Saintement je marcherai,
Mon âme fera sa joie
De suivre la sainte voie
Qui conduit de ces bas lieux,
Au royaume des cieux.

CANTIQUE XXIV. — CHANT 19.

1. Sur toi, Sauveur, qui se fonde,
Peut au péché résister !
    L'effort du monde,
    Pour le tenter,
    Est comme une onde
    Contre un rocher.

2. Quelle est, ô Dieu, la puissance
D'un seul désir, d'un penchant !
    Sans vigilance,
    Le plus vaillant,
    Tombe et t'offense
    En un moment.

3. Oh ! qui pourra d'un vrai zèle,
Suivre, Jésus, tous tes pas ?
    L'âme fidèle
    Qui n'aime pas
    Ce qu'on appelle
    Gloire ici bas.

CANTIQUE XXV. — CHANT 7.

1. Il va descendre sur la nue
Le Dieu qui vient nous juger tous !
Préparons-nous à sa venue !
Cœurs endormis, réveillons nous !

2. C'est le grand jour de sa colère :
Tous les coupables le verront
Et tous les peuples de la terre,
Pleins d'effroi, se lamenteront !

3. Il vient, tout rayonnant de gloire,
Confondre à jamais les méchants
Et revêtu de sa victoire,
Ouvrir les cieux à ses enfants.

4. Oh ! qu'est heureux l'enfant fidèle
Qui, persévérant dans l'amour,
Plein d'une espérance éternelle,
Attend son glorieux retour !

5. Le vaste embrasement du monde
Ne saurait ébranler sa foi ;
Lorsqu'en un cœur la grâce abonde,
L'amour divin bannit l'effroi.

CANTIQUE XXVI. — Chant 20.

1. Béni soit à jamais le grand Dieu d'Israël,
L'auteur de tous les biens, tout-puissant éternel,
Qui, touché de nos cris et de notre misère,
Dans nos pressants besoin s'est montré notre père !

2. Dans ses compassions, il nous a visités ;
Par le sang du Sauveur il nous a rachetés ;
Et, malgré nos péchés, ce Dieu tendre et propice,
A fait lever sur nous son soleil de justice.

3. Il conduira nos pas au chemin de la paix ;
Et ce divin Sauveur remplira nos souhaits.
Nous l'aimerons toujours, nous lui serons fidèles,
Et nous vivrons heureux à l'ombre de ses ailes !

CANTIQUE XXVII. — Chant 21.

1. Chantons, chantons la gloire
Du Dieu qui nous a faits;
Célébrons la mémoire
De ses riches bienfaits.

2. Car il répand dans l'âme
Sauvée en Jésus-Christ,
Une céleste flamme
Qu'entretient son Esprit.

3 Sa vivante parole
Réjouit notre cœur,
Ou bientôt le console,
S'il a quelque langueur.

4. Louons donc sa clémence,
Louons sa charité ;
Que de sa grâce immense
Le nom soit exalté !

CANTIQUE XXVIII. — Chant 22.

1. Qu'il est grand ce bon Dieu
Qui fait voir en tout lieu,
Avec tant d'abondance,
L'œuvre de sa puissance !

2. Mais qu'est cette grandeur
De notre Créateur,

Auprès de cette grâce
Que nul éclat n'efface !

3. Qu'il est beau, qu'il est bon
Ce Sauveur dont le nom,
Réjouissant notre âme,
D'un saint amour l'enflamme !

4. Oui Jésus, ta beauté,
Cher Sauveur, ta bonté
Est à mon cœur plus chère
Qu'aucun bien de la terre !

CANTIQUE XXIX. — Chant 23.

1. Que mon âme en l'honneur
Du puissant Rédempteur
Fasse entendre un cantique !
N'est-il pas mon devoir
D'annoncer son pouvoir,
Sa bonté magnifique !

2. O Seigneur ! apprends-moi
A chanter avec foi
Ta clémence éternelle !
Et qu'à ton saint honneur,
Mon âme avec ferveur,
Ses accents renouvelle !

3. Oui, que mon cœur joyeux,
Toujours plus près des cieux,
Eternelle retraite !
Célèbre avec transport
Dans un pieux accord
Ta louange parfaite !

CANTIQUE XXX. — Chant 24.

1. Oh ! qu'est heureux l'enfant sincère
Qui t'aime, ô Dieu, de tout son cœur !
Son âme en toi trouve son père,
Son Rédempteur, son roi, son frère,
Et son puissant consolateur !

2. Quel vrai repos charme sa vie !
Quel ferme espoir nourrit sa foi !
En toi, Seigneur, il se confie,
Et sa douleur est adoucie,
Et tout lui sourit devant toi !

5. Dans son chemin tu l'encourages
Et pas à pas ton œil le suit :
Est-il souffrant ? tu le soulages ;
Est-il lassé ? vers les ombrages
Ta main le tourne et le conduit.

4. Je suis à toi, Sauveur fidèle ;
Tu m'as aimé jusqu'à la croix ;
Tu me connais, ta voix m'appelle,
Ah ! je veux donc, rempli de zèle,
Suivre toujours tes saintes lois !

CANTIQUE XXXI. — Chant 8.

1. Grand Dieu, nous te bénissons ;
Nous célébrons tes louanges !
Eternel, nous t'exaltons
De concert avec les anges !
Et, prosternés devant toi,
Nous t'adorons, ô grand Roi !

2. Les saints et les bienheureux,
Les trônes et les puissances,
Toutes les vertus des cieux
Disent ses magnificences,
Proclamant dans leurs concerts,
Le grand Dieu de l'univers.

5. Tu vins, innocent agneau,
Souffrir une mort cruelle :
Mais, triomphant du tombeau
Par ta puissance éternelle,
Tu détruisis tout l'effort
De l'enfer et de la mort !

4. Daigne à tes chers serviteurs
Subvenir par ta clémence !
Répands sur eux tes faveurs,
Les dons de ta grâce immense !
Rassemble ton peuple élu,
De toute langue et tribu.

CANTIQUE XXXII. — Chant 4.

1. Ce fut sous la promesse
Qu'ici-bas je naquis ;

C'est là mon droit d'aînesse,
Et mon Dieu j'en bénis.
Par l'eau du saint Baptême
Du monde séparé,
Je fus au Seigneur même,
Par ses soins consacré.

2. Je suis donc de l'Eglise
Qui sert le Dieu des cieux,
Que Jésus s'est acquise
Par son sang précieux !
Ainsi dès ma naissance
Je suis de son troupeau ;
Et sa tendre clémence
M'y paît comme un agneau.

5. Oh ! combien je dois être
Attentif à sa voix,
Puisqu'il m'a fait connaître
Son amour et ses lois !
Oui, je veux sur moi-même
Veiller sous son regard,
Puisque le saint baptême
Pour lui m'a mis à part.

CANTIQUE XXXIII. — CHANT 25.

1. Celui qui sur un bois maudit
    Est mort pour le pécheur,
Qui le sauve et qui le guérit,
    C'est Jésus le Sauveur.

2. Celui qui donne sa faveur
    Au croyant humble et doux,
Qui répand la paix dans son cœur,
    C'est Jésus mort pour nous.

5. Celui dont le bras tout-puissant
    Sur nous veille en tout lieu,
Qui du mal sauve son enfant,
    C'est Jésus notre Dieu.

4. Notre céleste défenseur
    Contre tout ennemi,
Qui tend les bras à tout pécheur,
    C'est Jésus notre ami.

5. Exaltons donc tous désormais,
   Des lèvres et du cœur,
Jésus-Christ, et qu'à jamais
   Soit gloire au grand Sauveur.

CANTIQUE XXXIV. — CHANT 15.

1. O Dieu sauveur! ta Providence
   A protégé mes premiers jours;
   Et si j'en vois durer le cours,
   J'en rends hommage à ta clémence.

2. Jaloux du saint et beau partage
   Que m'offre au ciel ton pur amour,
   Satan s'efforce nuit et jour
   De me ravir cet héritage.

3. Le monde aussi, en pompes vaines,
   M'offre à souhait mille douceurs;
   Mais je préfère tes faveurs
   A ses délices incertaines.

4. O mon Sauveur, répands ta grâce,
   Répands ton esprit en mon cœur!
   Qu'en toi je trouve mon bonheur,
   Et dans ton ciel une humble place!

CANTIQUE XXXV. — CHANT 24.

1. Seigneur, mon Dieu, combien de peine
   Mon âme trouve à te servir!
   Hélas! je sens que je me traîne
   En suivant ta loi souveraine,
   Tandis que je devrais courir!

2. Tu veux, Seigneur, que je sois sage
   Et que j'imite ton cher fils;
   Qu'ainsi sa voix, dès mon jeune âge,
   Me conduise en tout ce voyage
   Que sur la terre je poursuis.

3. Mais, ô mon Dieu, quelle faiblesse,
   Quelle inconstance dans mon cœur!
   Quel peu d'attrait pour la sagesse!
   Quel prompt oubli de ta tendresse!
   Ah! quelle coupable tiédeur!

4. Viens donc, Jésus, par ta puissance,
Viens en moi mettre ton amour!
Viens m'apprendre l'obéissance;
Et que ta sainte ressemblance
En moi s'imprime chaque jour!

CANTIQUE XXXVI. — CHANT 11.

1. O Seigneur, maître suprême,
Et de la terre et des cieux;
O toi qui veux que je t'aime,
Afin que je sois heureux!
O Jésus, ô roi de gloire,
Prosterné devant ta croix,
Je veux bénir ta mémoire,
Et toujours suivre ta voix!

2. Sur tes pas régler ma route,
Aller partout où tu vas,
Imposer silence au doute,
En m'appuyant sur ton bras.
Jusqu'au bout de la carrière
Vaincre le mal chaque jour,
Voilà, Seigneur, la prière,
Qu'exaucera ton amour.

CANTIQUE XXXVII. — CHANT.

1. Accorde-nous, Seigneur, toute grâce excellente;
Nourris-nous aujourd'hui de ton céleste pain;
En ton puissant secours est toute notre attente;
Couvre-nous à jamais de l'ombre de ta main.

2. O toi qui nous aimas plus que ta propre vie,
Et qui, pour nous sauver, souffris tant de douleurs,
Donne-nous de t'aimer d'une ardeur infinie,
Et de tous leurs péchés fais triompher nos cœurs!

3. Esprit de sainteté sois notre unique guide;
Sois notre conseiller, notre consolateur!
Qui se confie en toi ne sera point timide;
Daigne augmenter en nous la force et la ferveur.

CANTIQUE XXXVIII. — Chant 7.

1. Notre temps passe ; ah ! notre enfance
A disparu sans s'arrêter !
Et chaque jour notre existence
Semble plus vite se hâter.

2. Où sont maintenant les années
Où j'étais un petit enfant !
Hélas ! elles se sont fanées
Comme la faible fleur d'un champ !

3. Ainsi passera ma jeunesse ;
Ses ans aussi seront très-courts.
Et comme au soir le soleil baisse,
Bientôt s'envoleront ses jours.

4. Ah ! je veux donc en ce voyage,
Si court, si prompt, si passager,
Comme un agneau, docile et sage,
Marcher tout près du bon berger.

5. Tiens donc Jésus, par ta clémence,
Tiens mon âme bien près de toi !
Qu'ainsi ma rapide existence,
Se passe toute sous ta loi.

6. Et si tu veux qu'à mon enfance,
Se borne ma course ici-bas,
Fais, ô mon Dieu, qu'en ta présence
M'introduise mon dernier pas !

CANTIQUE XXXIX. — Chant 7.

1. Elle n'est plus !.. elle est fanée...
Cette belle et charmante fleur !
Une seule et courte journée
A terni toute sa fraîcheur !

2. Ainsi se flétrit notre vie ;
Elle s'échappe sans retour.
Comme la fleur de la prairie
Son éclat ne dure qu'un jour !

3. Mais si la fleur si vite passe,
Si pour toujours meurt sa beauté,
Le Dieu du Ciel, par pure grâce,
Me recevra ressuscité.

4. Oui, je vivrai ! mon Dieu lui-même
M'a racheté de cette mort !
En Jésus son amour suprême
Dans mon naufrage a mis un port.

CANTIQUE XL. — Chant 19.

1. Ranimons tous notre zèle
Pour célébrer le Seigneur.
    Il est fidèle ;
    En sa faveur
    Il nous appelle
    Au vrai bonheur !

2. Vivons pour lui sur la terre !
Soyons vainqueurs par la foi !
    De l'adversaire,
    Laissons la loi,
    Pour ne complaire
    Qu'à notre Roi !

3. Que nuit et jour notre hommage
Monte vers toi, Dieu sauveur !
    Viens, encourage
    Notre ferveur,
    Et nous dégage
    De toute erreur !

CANTIQUE XLI. — Chant 3.

1. Comme à l'enfant un tendre père
Donne tout salubre aliment,
Dieu de même, à notre prière,
Offre l'Esprit sanctifiant.

2. Oui, Seigneur, telle est la promesse
Que tu nous dis de réclamer ;
Source ineffable de sagesse
Dont ton amour veut nous doter.

3. Humblement donc, mais avec zèle,
Nous te dirons, ô notre Dieu :
Que l'Esprit saint nous renouvelle
Aujourd'hui même et dans ce lieu !

4. Qu'il consume toute souillure,
Et, qu'à jamais, cher Rédempteur,

Les saints reflets de ta nature
Viennent briller dans notre cœur.

5. Divin Esprit, souffle en notre âme !
Rends plus fervente notre foi !
Je te désire et te réclame :
Comme en ton temple habite en moi.

CANTIQUE XLII. — CHANT 7.

1. O Seigneur, enseigne à mon âme
A te servir avec ferveur !
Oui, viens en moi mettre la flamme
D'une pieuse et sainte ardeur.

2. Dans le secret, devant ta face
O mon Dieu, daigne m'attirer !
Et que j'aime à trouver la place
Où mon cœur peut te rencontrer.

5. Qu'alors, loin du bruit de ce monde,
Seul avec toi, seul sous tes yeux,
Je goûte cette paix profonde
Dont jouissent les bienheureux !

4. Oh ! que célébrer tes louanges
Me soit un plaisir glorieux !
Et que ma voix aux voix des anges
Se mêle en s'élevant aux cieux !

CANTIQUE XLIII. — CHANT 9.

1. Parle, Seigneur, et qu'en moi ta parole
A tout instant trouve un facile accès !
Délivre-moi de tout penser frivole,
De tout obstacle à ses divins effets !

2. Parle Seigneur, lorsque j'ai lu ton livre !
Garde en mon cœur ton saint enseignement !
Et, quand ta voix m'ordonne de te suivre,
Que sans délai je le fasse en t'aimant.

5. Parle Seigneur, quand mon père ou ma mère,
Dans ton amour, me donnent des avis !
Qu'avec respect je m'attache à leur plaire,
Selon ta loi, d'un cœur tendre et soumis !

4. Parle, Seigneur, dans le fond de mon âme,
Pour m'enseigner la bonté, la douceur !

Ah ! de l'orgueil éteins en moi la flamme,
Que je sois humble, aimable et sans humeur !

5. Parle, Seigneur : que ton Esprit m'apprenne
A renoncer sans réserve au péché ;
Qu'en ton sentier ta forte main me tienne ;
Que je me sente à tes lois attaché !

6. Parle, Seigneur, durant toute ma vie,
A cet esprit qui doit aller à toi
Et que te suivre, ô Jésus, je t'en prie,
Soit chaque jour le seul vœu de ma foi !

CANTIQUE XLIV. — CHANT 4.

1. A mes parents que j'aime,
Je veux être soumis ;
Car, le Seigneur lui-même,
Dans sa loi m'a promis
Qu'à mon père, à ma mère,
Si je rendais honneur,
J'aurais, sur cette terre,
La vie et le bonheur.

2. Aux jours de son enfance,
Mon Sauveur et mon Roi,
Par son obéissance,
M'a dit : Imite-moi !
A Joseph, à sa mère
Lui, le maître des cieux,
Chercha toujours à plaire,
D'un cœur respectueux.

3. O Jésus ! par ta grâce,
Viens apprendre à mon cœur,
Ce qu'il faut que je fasse
Pour vivre à ton honneur !
Qu'à toi mon âme pense
Quand je dois obéir,
Et que l'obéissance
Soit mon plus doux plaisir.

CANTIQUE XLV. — CHANT 19.

1. Heureux l'enfant qui n'aspire
Qu'à suivre en paix le Seigneur !

Jésus l'attire
Avec douceur,
Et tout conspire
A son bonheur !

2. Le bon berger qui l'appelle,
De tout péché l'affranchit.
        Toujours fidèle,
        Il l'affermit ;
        D'un nouveau zèle
        Il l'enrichit.

3. En toi Seigneur fais-moi vivre !
Que l'Esprit saint règne en moi.
        Oui, fais-moi suivre
        Ta sainte loi ,
        Et me délivre
        De tout effroi !

CANTIQUE XLVI. — Chant 27.

1. Seigneur entends ma voix !
Exauce ma prière !
Marcher selon tes lois
Sera ma loi première.

2. Oh ! oui, que chaque jour
Je vive pour ta gloire !
Sans œuvre, sans amour,
En toi serait-ce croire ?

3. Sur toi retiens mes yeux ;
Soutiens ma confiance !
Avec un cœur pieux
Toujours qu'à toi je pense !

CANTIQUE XLVII. — Chant 21.

1. O Dieu ! que l'heure est belle
Où l'on apprend ta loi !
Cette loi qui révèle
L'Esprit, Jésus et Toi !

1. Dès notre faible enfance
Elle nous fait savoir
Le but de l'existence,
La règle du devoir.

3. Que la sainte semence
Que jette en nous ta main,
Par ta toute-puissance
Produise le bon grain.

4. Que ta bonté l'arrose
Et la fasse grandir :
C'est là la seule chose
Dont brûle mon désir.

CANTIQUE XLVIII. — Chant 28.

1. O Dieu, seconde-moi! Seigneur, rends-moi plus sage!
Ecarte les écueils de mon pélérinage !
Conduis mes pas sans cesse au simple et droit chemin;
Que mon cœur soit soumis à ta puissante main !

2. Que loin des yeux mortels au sein de la retraite,
Je pense que des cieux, sur moi ton œil s'arrête ;
Qu'un juge tout-puissant, éclairé scrutateur,
Découvre en moi tout mal, dès qu'il point en mon cœur.

3. Ah! Seigneur, tu le vois, le monde à lui m'attire !
Il veut m'envelopper, il cherche à me séduire ;
De ses filets cachés, de ses rusés détours,
Préserve-moi, mon Dieu, préserve-moi toujours !

CANTIQUE XLIX. — Chant 29.

1. Nous sommes tous sous l'œil du Dieu suprême,
Tendre pasteur qui nous garde, nous aime !
Ah! sachons donc et louer et bénir
Ce bon berger qui veut bien nous nourrir !

2. Sa voix à nous par mille biens s'adresse,
Tous ses enfants ont leur part de tendresse.
Ah! que nos cœurs de son amour touchés
Vers le prochain soient sans cesse penchés !

3. Soyons unis, c'est Dieu qui nous l'ordonne ;
Pardonnons-nous, le Seigneur nous pardonne.
Comme il nous aime aimons à notre tour,
Et montrons-nous comme lui pleins d'amour !

CANTIQUE L. — CHANT 58.

1. De la voix et du cœur,
Sois béni, Dieu sauveur!
O toi dont la tendresse,
Jamais ne nous délaisse,
Qu'à ton appel sans cesse,
Nous tendions au bonheur!

2. Des ténèbres du mal,
De l'empire infernal,
Tu vins sauver notre âme.
Ta grâce la réclame;
Que ton Esprit l'enflamme
D'un amour sans égal!

3. Divin maître si doux.
Tes bienfaits sont sur nous!
C'est toi qui nous dispense,
La paix, la délivrance.
Pour bénir ta clémence,
Nous tombons à genoux!

CANTIQUE LI. — CHANT 51.

1. Père saint, béni sois-tu!
Tes présents et ta vertu
M'ont suivi dès mon aurore;
Et, malgré tous mes forfaits,
Dans la coupe des bienfaits
Ta tendresse puise encore!

2. Tout est grâce dans ce jour
Et mon cœur avec amour
Est nourri de ta parole!
Il entend la douce voix
Qui me montre l'humble croix
Où mon Dieu, mon roi, s'immole!

3. Gloire, honneur à ton saint nom!
De toi seul est tout pardon,
Toute paix et délivrance!
Oh! par ta bonté, mon Dieu!
Que j'emporte de ce lieu,
Une vivante espérance!

4. Quand le monde et ses appas
Veulent enlacer mes pas,
Vois le piége qui m'arrête;
Remplis-moi d'un saint effroi;
Viens, Seigneur, et soutiens-moi,
Sois mon guide et ma retraite!

CANTIQUE LII. — CHANT 32.

1. Béni soit Dieu, nos maux s'évanouissent!
Il est venu, le puissant Rédempteur!
Que sous les cieux tous les humains s'unissent
Pour célébrer le grand Libérateur.

2. C'est le Sauveur, le juste, l'admirable:
C'est Jéovah, c'est notre Emmanuel!
Ah! qu'il est bon ce frère charitable,
Ce fils de Dieu qui prit un corps mortel!

3. Seigneur Jésus, en toi paraît la grâce,
En toi seul est la source du pardon.
Ah! ce pardon, que tout mortel l'embrasse,
Et que d'amour rayonne chaque front!

CANTIQUE LIII. — CHANT 33.

1. La mort est là poursuivant notre enfance;
A nous frapper elle met sa puissance.
Sur un lit de douleur elle va nous coucher,
Et pour la froide tombe on viendra nous chercher.

2. Seigneur Jésus, mon âme confiante,
Porte à ton ciel une voix suppliante!
La mort, en son aspect, est pleine de frayeur;
Mais qui craindrait encore avec toi pour sauveur.

3. Mon faible cœur en toi seul se confie,
O bon Sauveur, ô principe de vie!
Loin de toi c'est la mort, c'est un affreux désert;
Dans ta paix est le ciel, sans ta paix c'est l'enfer!

4. Donne-moi donc une pleine assurance;
Et, que mon âme en ta sainte présence,
Puisse chanter ici comme font dans les cieux
La troupe des élus et des anges heureux!

CANTIQUE LIV. — Chant 34.

1. Mon Dieu, le temps est court,
Je veux en profiter.
Et sans autre détour,
Vers ton ciel cheminer.

2. Mais que l'esprit est prompt
A former ces projets
Qu'incessamment il rompt,
Qu'il oublie à jamais !

3. Je suis à mon printemps,
A peine ai-je vécu,
Et déjà, je le sens,
Que de temps j'ai perdu !

4. Puissé-je racheter
Ces moments précieux
Qu'il me faut regretter
Et pleurer à tes yeux !

5. C'est mon vœu, Père saint ;
Ah ! viens à mon secours !
Sans ton auguste main
Je péris pour toujours !

6. Mon Sauveur, viens à moi !
Oh ! oui, viens sans retard !
Que mon cœur soit à toi
Avant qu'il soit trop tard !

CANTIQUE LV. — Chant 34.

1. Seigneur, que je suis froid !
Que mon cœur est glacé,
Qu'il est dur, sec, étroit !
Oh ! qu'il est insensé !

2. Ah ! viens le ranimer,
Viens bientôt l'attendrir !
Qu'il puisse enfin t'aimer,
T'adorer, t'accueillir !

3. Qu'en saints tressaillements
Il écoute ta voix ;
Que tes enseignements
Soient toujours de son choix.

4. Quand sera ce bonheur !
Quand serai-je arrivé,
Fidèle et bon Sauveur,
A ce jour désiré ?

5. Réponds à mes désirs ;
Et que bientôt mon cœur
Trouve tous ses plaisirs
A servir son Sauveur !

CANTIQUE LVI. — Chant 7.

1. A ton école, aimable Maître,
Nous te prions de nous former ;
Nos désirs sont de te connaître,
De te servir et de t'aimer !

2. Hélas ! à quoi bon tout comprendre !
Dans le savoir n'est pas le bien.
Qui te connaît sut tout apprendre ;
Mais qui t'ignore ne sait rien.

5. Ah ! nous sentons le vide immense
D'un cœur encor privé de toi !
Viens nous donner ta connaissance,
Viens nous donner ta sainte loi !

6. Chasse de nous la défiance !
Ce ver rongeur nous a perdus :
Ah ! qu'à la foi, par ta clémence,
Nos cœurs soient à jamais rendus !

CANTIQUE LVII. — Chant 3.

1. Je viens, Seigneur, à ton école,
Fais m'y goûter l'enseignement
Qui, découlant de ta parole,
Peut me sauver en ce moment.

2. Je veux une part à tes grâces,
Je veux t'aimer, divin Sauveur,
Suivre ici-bas tes saintes traces,
Vivre et mourir en ta faveur !

3. Ah ! fais-moi donc songer sans cesse
A la mort, à l'éternité,
Et profiter, dès ma jeunesse,
De tous les dons de ta bonté !

CANTIQUE LVIII. — Chant 5.

1. A quel dessein me fis-tu naître,
O Dieu tout bon, Père éternel ?
Pour te chercher et te connaître,
Pour t'adorer dans ton beau ciel !

2. Déjà, de tes saintes demeures,
Tous nos désirs et tous nos vœux,
Vont à l'envi remplir les heures,
Et nos doux chants peupler les cieux.

3. Suprême auteur de notre vie,
Daigne toujours nous préparer
. Pour la belle et sainte patrie
Que ton amour vint nous montrer.

4. Ainsi que l'onde et le nuage
Le temps nous échappe et s'enfuit ;
Qu'il en soit fait un saint usage,
Que chaque jour porte son fruit !

CANTIQUE LIX. — Chant 9.

1. Seigneur, mon Dieu, j'ai compris ta parole !
Jusqu'à mon cœur ses accents ont percé :
Ils m'ont appris ma conduite frivole,
Et j'ai senti que j'étais insensé.

2. Je te bénis, ô mon père céleste :
Car c'est toi seul qui m'as pris par la main !
Tu m'as sauvé de la perte funeste
Qui m'entraînait vers l'effroyable fin !

3. D'un grand danger mon âme est donc sortie !
Ne voyant pas son obscur horizon,
Ne sachant rien, n'étant point avertie,
Elle glissait vers l'abîme profond.

4. Puissant Sauveur, en ta bonté suprême,
Viens achever l'œuvre de ton amour ;
C'est ton pardon, c'est ta grâce elle-même
Que je recherche en ce saint et beau jour !

5. Ah ! viens donner à mon âme altérée
Ce doux repos qu'on ne trouve qu'en toi !
Ah ! viens bientôt, car elle est préparée ;
Elle t'attend ; ah ! réponds à sa foi !

CANTIQUE LX. — Chant 8.

1. Tes chers enfants, ô Seigneur,
Tous animés d'un saint zèle,
Ont fait sentir à mon cœur :
Que, dans ta grâce éternelle,
Tu vins ici me chercher
Et pour toujours me sauver !

2. Je veux croire à ton amour,
A ta bonté, ta clémence ;
Je veux t'aimer à mon tour,
Te consacrer mon enfance,
Etre pour toujours à toi
Et te sentir près de moi.

3. Mais viens, ô mon cher Sauveur !
Viens soutenir ma faiblesse !
Ah ! si tu tardes j'ai peur
Que mon courage s'affaisse ;
Qu'il m'abandonne à toujours
Et me laisse sans secours !

CANTIQUE LXI. — Chant 1.

1. Hélas Seigneur !
Cher Rédempteur !
Que la vie est rapide !
Bientôt la mort,
Fixant mon sort,
Ici fera le vide.

2. Même un enfant
Fort bien portant,
Et tout plein d'espérance,
En peu de temps,
A son printemps
Peut quitter l'existence !

3. Ah ! je le vois !
Car bien des fois,
Non loin de ma demeure,
Près d'un cercueil,
J'ai vu le deuil,
D'un enfant que l'on pleure.

4. O mon Sauveur,
Pour mon bonheur,
Tu mourus à ma place!
Dans mon péché
Tu m'as cherché,
Aujourd'hui fais-moi grâce!

5. Puisque je vis
Et sens le prix
Du salut que tu donnes,
Je viens à toi,
J'ai peu de foi,
Mais dis que tu pardonnes!

CANTIQUE LXII. — CHANT 35.

1. C'est dans le ciel qu'est Jésus notre frère,
Saint avocat, saint ami de nous tous,
Cher Rédempteur en qui notre âme espère,
Et qui sans cesse intercède pour nous!

2. Il est là-haut préparant notre place;
Et, de ce riche et bienheureux séjour,
Il nous fait part de son Esprit de grâce,
Et des effets de son plus tendre amour.

3. Suivons-le donc, animés d'un saint zèle!
N'arrêtons pas nos cœurs en ces bas lieux.
Ce Dieu sauveur lui-même nous appelle,
Et nos vrais biens sont cachés dans les cieux.

4. Un jour Jésus, sur un trône de gloire,
Viendra juger les vivants et les morts,
Et remporter sa dernière victoire
En ranimant la poudre de nos corps.

CANTIQUE LXIII. — CHANT 36.

1. Ainsi que d'une lyre
Un accord échappé,
Rapidement expire
Dans l'air qui l'a frappé;
De même chaque année
Prompte à s'évanouir,
N'est pour l'âme étonnée
Qu'un nom, qu'un souvenir!

2. Hélas! Dieu de lumière!
O Dieu d'éternité!

Sur notre vie entière
Ton œil est arrêté!
Pour toi seul tout demeure
Quand tout passe pour moi,
Un siècle comme une heure
Est présent devant toi.

3. Indigne créature!
Où fuir loin de ce Dieu,
Qui, dans une âme impure,
Plonge un regard de feu!
Où m'éviter moi-même!
Ah! le remords vengeur,
Avant le jour suprême,
Met l'enfer dans mon cœur!

4. Avec l'an qui commence
Renouvelle mon cœur;
D'amour et d'espérance
Compose mon bonheur.
Seigneur, ma foi t'embrasse;
Mon cœur a soif de toi;
Viens y verser ta grâce,
Viens y graver ta loi!

CANTIQUE LXIV. — Chant 31.

1. L'Eternel seul est Seigneur,
Seul il est dominateur
Sur les peuples de la terre;
Il est maître souverain
Des ouvrages que sa main
Pour sa gloire a voulu faire!

2. Mais quel bienheureux mortel
Au palais de l'Eternel
Aura le droit de paraître?
Et quel enfant, ô grand Roi,
Pour demeurer avec toi
Assez juste pourrait être?

3. C'est celui qui dans son cœur,
Par ton Esprit, ô Seigneur,
Hait du péché les souillures!
Qui, fuyant la fausseté,
Te sert en sincérité,
Levant à toi des mains pures!

4. Oui, cet enfant recevra,
Du Sauveur qu'il cherchera,
Les faveurs toujours propices,
Et la promesse à jamais
Des saints trésors de sa paix,
Et de son ciel les délices.

CANTIQUE LXV. — CHANT 57.

1. O Dieu, s'il faut qu'on te craigne,
Tu veux surtout être aimé !
Etre aimé, voilà ton règne,
Ton règne c'est d'être aimé !
Qui ne t'aime est infidèle ;
De la céleste cité,
Il foule d'un pied rebelle,
Les lois pleines d'équité.

2. Plus haut que toute pensée
Ta main étendit les cieux :
Tu veux ! leur voûte embrasée
Se peuple de mille feux !
Mais privé d'aimer, de croire,
Tous ces cieux et leur splendeur,
Ne valent pas pour ta gloire
Un seul soupir d'un seul cœur.

3. Esprit du Dieu que j'adore,
Ah ! forme en moi ces soupirs,
Ces feux qui n'ont point encore
Transformé tous mes désirs !
Qu'à l'amour mon cœur se livre
Et qu'il répète à jamais :
Aimer, aimer, voilà vivre ;
Fais-moi vivre, ô Dieu de paix !

CANTIQUE LXVI. — CHANT 5.

1. Que l'Eternel soit ma lumière,
Ma délivrance et mon appui :
Qu'aurai-je à craindre sur la terre
Si mon recours est tout en lui ?

2. Pour m'assaillir quand une armée
Autour de moi se camperait,
Sans effroi, sans être alarmée,
Mon âme en Dieu s'assurerait.

3. Seigneur enseigne-moi ta voie,
A mes pieds dresse mon chemin ;
Qu'en pleine paix chacun me voie
Marcher appuyé sur ta main.

4. Oh ! réponds-moi, j'attends ta grâce !
Daigne exaucer un faible enfant !
Tu me dis de chercher ta face,
Et je la cherche, ô Dieu vivant !

CANTIQUE LXVII. — Chant 55.

1. Mon Dieu, mon Dieu quelle guerre cruelle
Fait en mon cœur la nature rebelle !
Ah ! viens je t'en supplie ôter ce mal affreux
Qui s'attache à mon être et me suit en tous lieux !

3. Oui, je voudrais que mon âme fût sainte,
Qu'elle marchât dans tes sentiers sans crainte !
Oh ! pourquoi donc toujours, esclave du péché,
Le regard de ta paix lui serait-il caché ?

5. Seigneur Jésus, ô Sauveur que j'adore !
C'est toi, c'est toi, que ma pauvre âme implore !
Un enfant bien pécheur est au pied de ta croix ;
Hâte-toi de parler ! qu'il entende ta voix !

4. Ah ! dis-lui donc cette bonne parole :
« Ne pleure plus, mon Esprit te console ! »
Mes regards sont sur toi, toi seul es mon Sauveur ;
J'espère en ton amour, j'attends tout de ton cœur !

CANTIQUE LXVIII. — Chant 58.

1. Qu'il est doux dans les cieux le réveil des fidèles !
Qu'avec ravissement autour de Dieu pressés,
Ils unissent au son des harpes immortelles
Les hymnes de l'amour ici-bas commencés !
Amis, joignons nos voix à leurs voix fraternelles :
Ils ne sont pas perdus, ils nous ont devancés !

2. Puisse la même foi qui console leur vie,
Nous ouvrant les sentiers que leurs pas ont pressés,
Diriger notre essor vers la sainte patrie
Où leur bonheur s'accroît de leurs travaux passés ;
Et rendre à notre amour ces cœurs dignes d'envie
Qui ne sont pas perdus, mais nous ont devancés !

CANTIQUE LXIX. — Chant 39.

1. Pour les enfants le Sauveur prie :
Prêtons l'oreille à ses soupirs.
Qu'à sa voix notre âme attendrie,
Réponde par de saints désirs.
Dans les hauts cieux, brillant de gloire,
Il est entré victorieux
Et sur l'autel expiatoire,
Il offre son sang précieux.

2. Pour notre école Jésus prie,
Chers amis, sans crainte approchez !
Il avance sa main meurtrie
Entre le ciel et nos péchés.
Ah ! quel amour il nous témoigne ;
Pour nous jamais son œil ne dort !
Qu'à sa requête aussi se joigne,
De notre amour le saint transport.

3. Pour les enfants, Jésus, tu pries ;
Qu'il nous est bon de le savoir !
Et puis Seigneur tu nous convies
A mettre en toi tout notre espoir.
Sous le parfum de ta prière
Fais-nous marcher remplis d'ardeur ;
Pour te bénir notre âme entière
S'élève à toi, puissant Sauveur.

CANTIQUE LXX. — Chant 40.

1. Hélas ! Seigneur, on tâche de m'instruire,
Et l'on me dit ce que tu fis pour moi.
Faut-il apprendre à connaître ta loi,
Pour chaque jour ne pas mieux me conduire.

2. Oh ! que mon cœur est parfois indocile !
Comme j'agis et pense sans raison !
A ton enfant, ô Dieu donne pardon,
Enseigne-le par ton saint Evangile !

3. De mon Sauveur que la grâce divine
Me dise enfin comment il faut prier ;
Car Dieu promet de ne point oublier
Mais d'exaucer la prière enfantine !

Valence. — Imp. de J. Marc Aurel.

TABLE ALPHABÉTIQUE.

A

Accorde-nous, Seigneur 19
Ainsi que d'une lyre. 32
A mes parents que j'aime 23
Amis dès notre enfance. 4
A quel dessein. 30
A qui regardes-tu ? 7
A ton école. 29

B

Béni soit à jamais 14
Béni soit Dieu, nos maux. 27

C

Ce fut sous la promesse 16
Celui qui sur un bois 17
C'est aujourd'hui dimanche 3
C'est dans le ciel. 32
Chantons, chantons la gloire. 14
Comme à l'enfant. 21

D

Daigne entendre, ô bon Sauveur 12
Dans un séjour rempli. 4
De la voix et du cœur. 26
Dieu fort et grand. 9

E

Elle n'est plus, elle est fancée. 20
Esprit saint notre Créateur 8

G

Grand Dieu nous te bénissons 16

H

Hélas ! Seigneur, cher Rédempteur . . . 31
Hélas ! Seigneur, on tâche 36
Heureux l'enfant qui n'aspire 23

I

Il va descendre sur la nue 13

J

Jésus apprends-nous 11
Je te vois en ton agonie 5
Je viens, Seigneur, à ton école 29
Jour du Seigneur. 1

L

La mort est là. 27
Le péché pour l'âme 9
L'Eternel seul est Seigneur 33
Le voici donc, ô Dieu ce cœur. 6

M

Ma vie, à peu de jours.	11
Mon cœur est plus dur.	6
Mon Dieu combien souvent.	10
Mon Dieu le temps	28
Mon Dieu, mon Dieu	35

N

Notre temps passe.	20
Nous sommes tous.	25

O

O Dieu que l'heure est belle	24
O Dieu sauveur, ta Providence	18
O Dieu, seconde-moi.	25
O Dieu, s'il faut.	34
Oh! qu'est heureux l'enfant.	15
O Seigneur, enseigne à mon âme	22
O Seigneur, maître suprême.	19
O Seigneur, si tu m'oubliais	11

P

Parle, Seigneur.	22
Père saint, béni sois-tu	26
Pour les enfants le Sauveur.	36

Q

Qu'aujourd'hui toute la terre	2
Que Dieu bénisse notre école.	2
Que l'Eternel soit ma lumière	34
Que mon âme en l'honneur.	15
Que vois-je hélas.	4
Qu'il est doux dans les cieux.	35
Qu'il est grand ce bon Dieu	14

R

Ranimons tous notre zèle	21

S

Seigneur entends ma voix.	24
Seigneur mon Dieu, combien de peine	18
Seigneur mon Dieu j'ai compris.	30
Seigneur mon Dieu, ma conscience	7
Seigneur que je suis froid.	28
Seigneur reçois avec clémence	9
Seigneur toute ma prière	8
Sur toi Sauveur qui se fonde.	13

T

Tes chers enfants, ô Seigneur	31

U

Un fait digne d'être cru	5

www.ingramcontent.com/pod-product-compliance
Lightning Source LLC
Chambersburg PA
CBHW060852180626
46818CB00004B/1678